I0546490

LETTRES INÉDITES

DE

RAMOND

STRASBOURGEOIS, MEMBRE DE L'INSTITUT

SURNOMMÉ LE PEINTRE DES PYRÉNÉES

PUBLIÉES ET ANNOTÉES PAR

Ph. TAMIZEY DE LARROQUE

CORRESPONDANT DE L'INSTITUT

TOULOUSE

IMPRIMERIE ET LIBRAIRIE ÉDOUARD PRIVAT

45, RUE DES TOURNEURS, 45

—

1893

Annales de la Faculté des Lettres de Bordeaux

FONDÉES en 1879 par MM. Louis LIARD et Auguste COUAT

Directeur : M. Georges RADET

QUATRIÈME SÉRIE

PUBLIÉE PAR

Les Professeurs des Facultés des Lettres d'Aix, Bordeaux, Montpellier, Toulouse

ET SUBVENTIONNÉE PAR

Le Ministère de l'Instruction publique
Le Conseil Général de la Gironde
Le Conseil Municipal de Bordeaux
La Société des Amis de l'Université de Bordeaux
Le Conseil de l'Université de Bordeaux
L'Association des Amis de l'Université de Montpellier
Le Conseil de l'Université de Toulouse
Le Conseil de l'Université d'Aix-Marseille

I. REVUE DES ÉTUDES ANCIENNES

ABONNEMENTS

France	F. 10	»
Union postale	12	»
Un fascicule séparé	3	»

II. BULLETIN HISPANIQUE

ABONNEMENTS

Espagne et France	F. 10	»
Union postale	12	»
Un fascicule séparé	3	»

III. BULLETIN ITALIEN

ABONNEMENTS

France et Italie	F. 10	»
Union postale	12	»
Un fascicule séparé	3	»

Le montant des abonnements doit être adressé à MM. FERET et FILS,
15, cours de l'Intendance, Bordeaux.

LETTRES INÉDITES

DE

RAMOND

STRASBOURGEOIS, MEMBRE DE L'INSTITUT

SURNOMMÉ LE PEINTRE DES PYRÉNÉES

PAR

PH. TAMIZEY DE LARROQUE

CORRESPONDANT DE L'INSTITUT

BIBLIOTHÈQUE NATIONALE
RISTELHUEBER
N° 1221

Extrait de la *Revue des Pyrénées & de la France méridionale* (Mars-Avril 1893.)

TOULOUSE

IMPRIMERIE ET LIBRAIRIE ÉDOUARD PRIVAT

45, RUE DES TOURNEURS, 45

1893

AVERTISSEMENT

Ramond est un de mes plus vieux amis littéraires. J'ai eu le bonheur de lire ses charmantes impressions de voyage dans les Pyrénées, quand j'avais à peine dix-huit ans. Je venais de sortir du collège & ma bonne fortune voulut que, dans une aussi petite ville que Gontaud, se trouvât une aussi grande collection de livres que celle de M. Vincent de Chausenque, ancien élève de l'Ecole polytechnique, ancien capitaine du génie, l'auteur d'un ouvrage classique sur les Pyrénées[1]. C'était un ami de ma famille & nous avions même avec lui quelque lien de parenté. Il était alors déjà presque au seuil de la vieillesse, mais c'était un des plus aimables, un des plus jeunes vieillards que l'on pût rencontrer. Fort instruit, fort spirituel, il causait avec un plaisir qu'il faisait partager à ses auditeurs, ce qui n'arrive pas toujours aux intrépides causeurs. Je l'écoutais sans me lasser jamais, car non seulement sa parole était vive & colorée, mais encore elle était profitable autant qu'intéressante. Mon concitoyen avait *beaucoup vu, beaucoup retenu* : il connaissait hommes & choses de tout pays ; il en parlait avec non moins de compétence que d'entrain. Il m'avait pris en affection (nous aimons qui nous écoute, surtout qui nous écoute avec le plus flatteur recueillement) : il me prêtait tous les volumes dont j'avais envie, & Dieu sait le nombre de ceux qui me tentaient en cet âge heureux où l'on met —

---

1. Voir sur V. de Chausenque & sur les éditions de sa relation de voyage (1834 & 1854), la très excellente *Bibliographie générale de l'Agenais*, par M. Jules Andrieu (t. I, p. 168). J'ai plusieurs fois loué cette relation, notamment en déclarant (*Louis de Foix & la tour de Cordouan*, Auch, 1864, p. 17), que « dans la vaste bibliographie pyrénéenne, rien n'est au-dessus de cette complète monographie. »

métaphoriquement & réellement — les *morceaux en quatre!* Mais parmi tous ces volumes, les récits des voyageurs m'attiraient surtout, & c'est ainsi que les ouvrages de Ramond furent les premiers que la confiance de M. de Chausenque mit entre mes impatientes mains. Ah! quel frais & doux souvenir je garde, après plus d'une quarantaine d'années, de ces pages où tout m'enchantait, les descriptions comme les aventures, la forme comme le fond! Au texte s'ajoutaient — & c'était double fête! — les explications & récits de M. de Chausenque qui avait été, pour ainsi dire, le disciple du célèbre *excursionniste*, & qui s'étendait avec une complaisance infinie sur ses diverses qualités intellectuelles, morales & physiques, vantant également sa tête, son cœur & ses jarrets. Les anecdotes succédaient aux anecdotes. L'enthousiasme & la verve du narrateur étaient intarissables comme les eaux si pures & si brillantes qui descendent des Pyrénées. Ainsi accompagnés d'un commentaire perpétuel par le digne continuateur des exploits de Ramond, les récits de ce dernier prenaient une vie nouvelle, & ce fut, au milieu des joies de ma jeunesse, une joie toute particulière que celle d'entendre l'auteur des *Voyages pédestres* analyser & compléter l'auteur du *Voyage au Mont-Perdu.*

Quelques années plus tard, un hasard heureux nous fournit l'occasion de nous entretenir plus que jamais de notre sujet favori. Mon père recevant le *Moniteur*[1], nous eûmes de première main, en septembre 1854, les inoubliables articles de Sainte-Beuve sur un écrivain que le maître critique trouvait trop oublié. Je vois encore la radieuse physionomie de M. de Chausenque quand je lui apportai, tout frémissant d'émotion, le journal où Ramond était si justement glorifié[2]. Après

---

1. J'ai bien amusé, un jour, Sainte-Beuve, en lui racontant mes efforts non moins respectueux que persévérants, pour obtenir qu'un aussi fidèle abonné au *Constitutionnel* que mon père abandonnât son journal quand l'éminent académicien passa au *Moniteur*. Rarement sacrifice fut plus pénible à accomplir. J'ai toujours su gré à mon père d'avoir cédé, malgré ses préférences, à mes pressantes instances & d'avoir consenti, pour ne pas me contrarier, à suivre dans son évolution le plus spirituel des transfuges.

2. Je citerai, pour rendre hommage à la fois au *peintre des Pyrénées* & au peintre de Ramond, le commencement de la notice (*Causeries du lundi*, t. X, 1855, p. 362) : « Pourquoi sommes-nous ainsi faits en France, que lorsqu'un homme distingué & de talent n'est pas entré à un certain jour dans le courant de la vogue & dans le train habituel de l'admiration publique, nous devenions si sujets à le négliger & à le perdre totalement de vue? Et au contraire, ceux qui sont une fois connus, adoptés par l'opinion & par la renommée, nous les avons sans cesse à la bouche & nous les accablons de couronnes. Cette réflexion est la première qui s'offre quand il s'agit de l'écrivain dont je voudrais aujourd'hui donner une juste idée. Ramond, mort le 14 mai 1827, membre de l'Académie des sciences, objet d'un éloge historique de Cuvier, apprécié de tous les savants comme historien & géographe des montagnes, mais non assez estimé & prisé des littérateurs comme peintre & comme ayant heureusement marié les couleurs de Buffon & de Rousseau aux des-

avoit lu & relu ensemble le premier des trois articles, avec quelle impatience nous attendîmes les deux autres, & avec quelle gourmandise nous savourâmes les pages exquises où tant d'éloges étaient donnés à notre héros! J'offris à M. de Chausenque, comme c'était naturel, les trois numéros du *Moniteur* qui, assurait-il, l'avaient rajeuni & ragaillardi. Combien de fois, quand je lui rapportais les volumes prêtés pour lui en emprunter de nouveaux, il me disait, comme on redemande d'une liqueur délicieuse : si nous lisions un fragment de la causerie sur Ramond? Et le fragment réclamé était suivi d'un autre fragment, puis d'un autre encore, si bien que d'entraînement en entraînement nous finissions par tout absorber. A force de revenir à la notice, je la savais presque par cœur, & lorsque, en 1836, j'accompagnai mon vieil ami dans son cinquantième voyage aux Pyrénées, je pus parfois, en face même du grandiose panorama décrit par Ramond, réciter, pendant nos haltes, divers passages des articles du merveilleux causeur du lundi. Quel beau mois je passai au milieu des montagnes que mon vénéré guide connaissait presque aussi bien que les collines de Gontaud! Qu'il faisait bon le suivre même quand les sentiers étaient très rapides & quand les cimes étaient très escarpées! M. de Chausenque, sec & nerveux[1], était un des meilleurs marcheurs qui aient jamais escaladé les Pyrénées. Je prétendais que les izards eux-mêmes étaient jaloux de son agilité. Autant il était un vaillant *ascensionniste* malgré ses soixante-quinze ans (il en laissait cinquante au bas de la montagne), autant il était un gai compagnon de route. Parfois, si notre marche se ralentissait, il s'écriait en riant : *Ah! si Ramond nous voyait!* Cette exclamation remettait de l'élasticité dans nos muscles, de l'acier dans nos jambes, &, tout à coup électrisés, nous remontions à l'assaut, en répétant : *Excelsior! Excelsior!* Ramond, du reste, était presque toujours avec nous, car tout nous rappelait les traces de notre précurseur : son image flottait sur l'onde immobile des lacs, comme sur les eaux tumultueuses des torrents & des cascades; elle planait au-dessus des neiges éternelles du Mont-Perdu, comme au-dessus des étincelants glaciers de la Maladetta. J'ai vu depuis cette époque l'Algérie, l'Espagne, la Suisse, mais mon voyage aux Pyrénées reste le plus beau de tous mes voyages, & je ne cesserai jamais de mêler, dans ma pensée reconnaissante, au nom de mon réel compagnon d'excursion, le nom du compagnon fictif dont nous ne nous séparions jamais.

criptions précises des De Luc & des Saussure. Ramond, c'est le Saussure des Pyrénées, aussi fidèle observateur, aussi rigoureux que l'illustre Génevois, moins simple dans l'exposé des grands spectacles, mais plus ému, plus coloré, animé d'une sensibilité plus poétique & doué d'une imagination qui, loin de l'égarer comme tant d'autres, ne fait que rendre le vrai avec plus de vie. »

1. Sainte-Beuve (p. 369), représente Ramond « svelte, allègre & dispos. » A cette triple ressemblance avec M. de Chausenque j'ajoute cette quatrième : Ramond était lui aussi un de ces piétons « dont les fatigues font le bonheur. »

Ai-je besoin de dire, après tout cela, combien m'a été agréable la communication de plus d'une vingtaine de lettres écrites, pendant une période de trente ans (1797-1827), de Bagnères, de Bigorre, de Clermont-Ferrand, de Paris, de Tarbes, par le premier — en date comme en mérite — des explorateurs de nos Pyrénées[1], à son confrère & ami le naturaliste agenais Jean-Florimond Boudon de Saint-Amans?[2]. Sans doute on n'y trouvera pas les souveraines qualités de style qui assignent à Ramond un rang si élevé parmi les grands élèves de J.-J. Rousseau[3], mais le genre épistolaire ne demande pas tant d'éloquence. La simplicité n'est-elle pas son principal mérite? Et n'a-t-on pas très judicieusement déclaré que les meilleures lettres sont celles qui ressemblent le plus à une causerie sans prétention, sans façon? A ce compte les pages que l'on va lire seraient l'idéal du genre[4]. On y verra quelques menus détails autobiographiques qui sont d'autant moins à dédaigner que nous ne connaissons guère que les grandes lignes de la vie de Ramond. On pénètre, à la faveur de ces lettres familières, dans son intimité; on est momentanément assis à son calme foyer, à côté de sa femme & de ses enfants; on l'entend, pour ainsi dire, parler de ses amis, de ses travaux, surtout de ses chères Pyrénées qui furent pour lui l'objet d'une sorte de culte, comme pour ces Gallo-Romains qui les

1. Cette communication m'a été faite par M. Maurice Calbet, qui a entre les mains les documents originaux & dont la copie, très soignée, mérite toute confiance. Je publierai peu à peu avec mon jeune collaborateur, d'après les autographes, une série de lettres adressées à Saint-Amans, par deux membres de l'Institut, le comte de Lacépède & le comte de Cessac, & par plusieurs autres de ses compatriotes, parmi lesquels figure le père de M. V. de Chausenque.

2. Voir sur Saint-Amans l'ouvrage déjà cité de M. Jules Andrieu (t. II, pp. 263-267. Si l'on voulait de plus amples renseignements, on pourrait consulter les notices ou éloges publiés par Bartayrès, par Chaudruc de Crazannes, par Jouannet. Tout récemment M. André Ducom (*La commune d'Agen*, 1892, Introduction, pp. 153-156), s'est surtout occupé en Saint-Amans de celui qui « paraît être à l'heure actuelle le plus en renom des historiens de l'Agenais. »

3. J'ai entendu un homme d'esprit soutenir que ce que Rousseau a laissé de mieux, c'est sa famille littéraire représentée surtout par un fils tel que Ramond & une fille telle que George Sand. De ce témoignage qui n'est peut-être pas sans quelque pointe de paradoxe, je rapprocherai celui d'un fin & délicat lettré, mon ami M. Adolphe Magen, qui me disait, un jour, qu'il faisait ses délices des ouvrages de Ramond qui lui paraissait être encore au-dessus des éloges de Sainte-Beuve. Enfin, & comme bouquet, je citerai ce mot d'une femme d'élite : je donnerais presque tous les livres descriptifs de notre temps pour cette seule phrase de Ramond : *L'odeur d'une violette rend à l'âme les jouissances de plusieurs printemps.*

4. On a imprimé un certain nombre de lettres de Ramond que j'ai le regret de ne pas connaître. Le volume, qui doit être des plus rares, est ainsi désigné — trop vaguement — par Sainte-Beuve (p. 402) : « Quelques lettres de lui publiées depuis sa mort & adressées à un Languedocien de ses admirateurs, M. Roger-Lacassagne, nous le montrent surtout avec grâce & douceur dans la familiarité. »

diviuisaient dans les inscriptions retrouvées par un de nos plus patients investigateurs & de nos plus habiles épigraphistes, Julien Sacaze. Rien ne peint mieux la vivacité de son amour pour ces belles montagnes que ce mot envoyé de sa préfecture du Puy-de-Dôme à Saint-Amans & où se condensaient tous les regrets de l'absent : *Le mal du pays me gagne.* Auprès de ce véritable cri du cœur du Pyrénéen d'adoption, on remarquera diverses phrases touchantes qui prouvent combien Ramond chérissait sa famille & ses amis, & combien une bonté parfaite s'unissait en lui à des talents supérieurs.

J'ai l'honneur de dédier mon petit recueil à la ville de Strasbourg, si justement fière d'avoir donné le jour à un homme qui, comme géologue, a fait avancer la science, &, comme écrivain, a enrichi la langue & la littérature nationales. Puisse la noble capitale de *notre* Alsace si aimée, d'autant plus aimée qu'elle est plus malheureuse, redevenir bientôt en réalité ce qu'elle n'a jamais cessé d'être de cœur, depuis vingt ans, une ville française! La fidèle & généreuse patrie de Ramond mérite de nous tous un fervent hommage d'admiration & de reconnaissance. Pour moi, c'est avec une émotion profonde que je lui applique ces belles paroles dites par Victor Hugo en un jour d'immense deuil : *J'aurais le plus douloureux accablement, si je n'avais la plus invincible espérance.*

PH. TAMIZEY DE LARROQUE,
Correspondant de l'Institut.

I

15 frimaire an 6 (5 décembre 1797).

Un excellent & respectable citoyen vous remettra cette lettre, mon très cher collègue[1], le dit Merrens, juge à votre tribunal, ancien ami de Dangos & de Bargella, & qui veut bien me mettre au rang des siens. Il est appelé à Agen par la suite d'un procès qu'il a déjà gagné une fois & qu'il gagnera une

---

1. Ramond était alors professeur d'histoire naturelle à l'École centrale de Tarbes, & Saint-Amans occupait semblable chaire à l'École centrale d'Agen. Cette dernière avait été installée le 21 novembre 1796. (Voir *Annales de la ville d'Agen*, par N. J. Proché, publiées par Adolphe Magen (Agen, 1884, p. 62.) Mon père fut un des élèves de Saint-Amans; je puis ajouter : un des bons élèves, car il reçut en prix un *Buffon* dont les gravures m'amusèrent fort, & dont le texte m'intéressa beaucoup quand j'étais encore tout enfant.

seconde, si la probité la plus délicate aux prises avec la fraude & l'ingratitude peut se reposer sur le jugement des hommes.

Comme nous voulons toutefois lui procurer à Agen tous les secours qu'un galant homme a droit d'attendre de ceux qui lui ressemblent, nous vous le recommandons de tout notre pouvoir & comme vous nous le recommanderiez. Croyez qu'en l'obligeant vous nous obligerez tous, & que nous nous acquitterons d'avance envers vous, en vous procurant le plaisir de le connaître.

Je profite de cette occasion pour vous faire porter un mémoire que notre administration a adopté pour la défense de notre école. Aujourd'hui les citoyens de Bagnères signent une pétition dans le même sens. Tarbes en fait une aussi. Il en est de même à Lourdes & Saint-Pé, &c. Nous avons écrit en particulier aux personnages les plus influents. J'ignore si votre école est menacée comme la nôtre, mais ce que je sais bien, c'est que s'il y a seulement cinq ou six petits départements qui se défendent aussi vaillament que nous, on ne décimera pas les Écoles centrales au gré de Messieurs les professeurs de quelques grandes communes qui veulent achalander à nos dépens leur marchandise.

Amitiés bien affectueuses & bien sincères de ma petite famille. Tout le monde désire que le citoyen Merrens en revenant d'Agen nous rapporte non seulement de bien bonnes nouvelles de votre santé, mais encore l'assurance positive que nous vous verrons l'été prochain.

Tout à vous,

RAMOND.

II

20 nivôse [an] 8 (10 janvier 1800).

Eh bien, mon cher collègue, je pars après demain pour Paris, non pas sous un titre que l'on puisse m'envier, mais comme solliciteur, pour aviser à la conservation de mon école à qui personne ne pense que ses professeurs. D'ailleurs mon frère[1], mes amis, Lacuée[2], &c., réclament ma présence &, après tout, il me faut quelques mois de Paris pour arranger mon travail ; aussi tout mon bagage est composé de plantes & de pierres.

J'emballe à fond & n'ai que le temps de vous dire ces deux mots. Il faut en ajouter deux autres pour vous prier de me rendre un service. Mes élèves demandentt à force votre entomologie[3] : j'ai promis d'en faire venir une douzaine d'exemplaires. Daignez donner ordre à votre libraire de les adresser aussitôt que possible à Dangos qui se charge de la répartition ; moi je me charge de l'acquittement dont j'aurais fait passer [un mot manque] si je l'avais su, mais Dangos payera si le libraire fait passer la note des frais, ou je me hâterai de vous rembourser si vous avez la bonté de me faire les avances. Vous entendez, mon cher collègue, que ceci est sans compliment : c'est pour nos élèves.

Je pars par la diligence ; elle a deux inconvénients, celui de passer à Toulouse & de ne point passer à Agen. A mon retour je serai moins pressé & je compte bien passer par Bordeaux pour aller vous voir à Agen. Je vous écrirai en arrivant à Paris. En attendant, si vous avez quelque chose à me faire dire, chargez en Lacuée.

Adieu en hâte & tout à vous,

RAMOND.

1. Cécile-Étienne-Bernard Ramond du Poujat naquit à Strasbourg le 17 février 1756, & mourut à Paris le 7 janvier 1832. Ce frère cadet de Ramond de Carbonnières (ils avaient pris chacun un nom de terre pour se distinguer l'un de l'autre) fut un estimable antiquaire.

2. Gérard-Jean Lacuée, plus tard comte de Cessac, était alors général de brigade. Lacépède, Lacuée, Ramond & Saint-Amans formaient un quatuor de bons amis. Nous retrouverons tous ces noms réunis dans les divers recueils épistolaires annoncés plus haut.

3. *Philosophie entomologique, ouvrage qui renferme les généralités nécessaires pour s'initier dans l'étude des insectes, etc.* (Agen, 1799, in-8°).

III

Bagnères, 11 brumaire IX (2 novembre 1800).

Je suis à la veille de mon départ, mon très cher collègue, &
je vois d'ici que le plaisir de vous voir va me faire faire le grand
tour par Bordeaux, surtout dans l'espoir de voir cette grosse
commune avec vous, comme il me semble que votre dernière
lettre m'en flatte. Je vais donc demain à Tarbes pour arrêter
une place à la dilligence jusqu'à Auch ; comme elle ne part
que de trois jours l'un, il est possible que je ne parte pas moi-
même avant le 15 ou le 16. Arrivé à Auch je me sauverai
comme je pourrai & le plus vite que je pourrai, en diligence,
courrier, voiturier, tout sera bon pour me rendre auprès de
vous, & puis le bon Dieu & le temps feront le reste, & vive la
route de Bordeaux, si vous y venez avec moi, dussions-nous
manger une cuisse d'oye chez ces vilains Faucher qui nous
recevront comme si nous étions à nous deux le baron de Co-
bentzel en personne[1].

En attendant, bonsoir en hâte. Je travaille sans relâche.

RAMOND.

Respects chez vous, amitiés à qui de droit.

Que sait-on ? peut-être trouverai-je à Agen ou à Bordeaux
quelque compagnon, quelque moyen de faire la grand route
plus agréablement que dans ces diligences, qui voyagent aussi
souvent sur l'impériale que sur les roues[2].

1. Il s'agit du célèbre diplomate autrichien qui avait négocié avec la
France le traité de Campio-Formio (1797) & qui allait signer (1801) le
traité de paix de Lunéville.

2. Ne trouve-t-on pas bien pittoresque cette façon de dépeindre la
facilité avec laquelle les grosses voitures d'alors faisaient la culbute ?

IV

Bagnères, 12 brumaire an IX (3 novembre 1800)

Je reviens de Tarbes, mon très cher collègue, & c'est très décidément le 16 que je pars. La diligence me conduira le même soir à Auch, & de là tous les moyens de transport ne ne me manquent pas. Je vous embrasserai à Agen le 17 au soir. Graissez vos bottes si vous me donnez la fête de faire avec vous le voyage de Bordeaux.

Bonsoir, amitiés de toute ma famille. Respects à la vôtre.

RAMOND [1].

V

Bagnères 8 brum^{re} X (30 octobre 1801).

Je pars le 12 ou le 13, mon très cher collègue, avec un voiturier qui me rendra à Agen le 14 ou le 15. Je mène à Aiguillon le neveu de Bargella. Ce serait grande fête si vous vous laissiez persuader de venir avec moi à Aiguillon & aller coucher à la Réole où nous passerions encore vingt-quatre heures ensemble, après en avoir passé autant à Agen ; car je me mets en route une couple de jours plus tôt pour être libre de vous donner quelques instants, & ne point passer bredouille à la Réole.

Mon catalogue de plantes monte maintenant à dix-sept-cent cinquante espèces, & j'en ai un bon nombre encore à éclaircir & inscrire [2]. J'emporte le tout à Paris & j'y travaillerai sans relâche.

1. Ce billet si alerte ne rappelle-t-il pas l'allure même de Ramond marchant à la conquête d'une de ces montagnes où nul encore ne l'avait précédé ?

2. On n'ignore pas que dans Ramond le botaniste rivalisait avec le minéralogiste & le géologue. C'est l'occasion de rappeler que dans un des derniers bulletins la Société savante qui a eu la bonne pensée de le prendre pour parrain a paru une étude spéciale sur *Ramond botaniste.*

Je n'ai aujourd'hui que le temps de vous dire ce petit bon‥ soir & d'y joindre pour vous, votre famille, Mlle Secondat[1], souvenir de tous les miens, & les assurances d'un éternel atta- chement.

RAMOND.

VI

Barèges . . . . an IX (1801).

Me voilà à Barèges depuis quinze jours, mon très cher col- lègue, & je ne sais comment j'ai fait pour ne vous avoir encore donné de mes nouvelles. Cependant quand je récapitule mes journées, il me serait peut-être aisé de justifier même un long silence. Tous les petits tracas de famille m'ont été dévolus dès mon arrivée. Le transport de cette famille à Barèges n'a pas été une petite affaire. J'y ai trouvé un couple de jeunes Alle- mands très habiles botanistes, & qui ne me laissent ni paix ni trêve. Que n'êtes-vous ici pour prendre part à nos cour- ses !... Puis au milieu de tout cela, les visites des ennuyeux qui vous avalent vos chères minutes, comme le [mot illisible] avec les Polypes à huit bras.

Nous avons vu M. Dupeyre avec grand plaisir, quoiqu'il ne fût point porteur des *figues de Cochenillier*, & quoique nous les eussions vues, elles-mêmes avec grand plaisir. Notre plus grand chagrin de leur déconfiture a été le vôtre.

Les nouvelles que vous nous donnés de votre santé redou- blent le désir que nous avons de vous voir. Abrégez votre classe pour *cause de santé*. Partez, venez vite, vous retrouverez le bien-être ici. Je donnerais tout au monde que vous y rencon- trassiez nos jeunes Allemands. Nous sommes allés déjà au Pic du Midi ensemble[2]. Je vais les conduire à Néouvielle[3]. Si

1. Sans doute Philippine Foy de Secondat, morte à Agen le 10 no- vembre 1828. C'était par sa mère la petite-fille de l'illustre président de Montesquieu. Voir la généalogie de *Secondat de Montesquieu* dans le tome II du *Nobiliaire de Guienne & de Gascogne* (1858, p. 267.)

2. Sainte-Beuve a constaté (p. 399) que Ramond était monté jusqu'à trente-cinq fois en quinze ans au pic du Midi.

3. Sur Néouvielle il faut surtout consulter les *Voyages pédestres* de

votr. arrivée devait être prochaine nous vous attendrions pour
faire de plus belles courses.

Toute ma famille se porte à ravir, la mère, le père, Cécile [1],
le petit frère & moi aussi. Donnez-nous des nouvelles de la
vôtre, de mademoiselle votre fille, des dames Secondat, nous
vous attendons tous avec une égale impatience.

RAMOND.

J'ai reçu de la boutique de Lapeyrouse une belle lettre ano-
nyme sur mon voyage au Mont-Perdu [2] : elle est bête à faire
plaisir.

VII

Barèges, 24 fructidor an 9 (11 septembre 1802)

Nos lettres se sont croisées, mon très cher collègue; je rece-
vais la vôtre tandis que vous receviez la mienne qui lui servait
en quelque sorte de réponse. Elle m'est arrivée durant un
voyage que j'ai fait à *la Canau* & dont je suis revenu hier, c'est
ce qui est cause du retard des deux courriers que souffre celle-ci.
Vous jugez aisément du plaisir que votre lettre a fait à tout le
ménage, puisqu'elle nous fait concevoir le plaisir de vous voir.

Sans doute à moins de temps extraordinaire, nos montagnes
sont fort tenables à dater du 17 septembre jusqu'à la mi-octo-
tobre, sauf une petite bourrasque d'équinoxe que nous pour-
rions échapper à l'aide d'une autre qui va se déclarer d'ici à
quelques jours. Vous êtes tranquille : nous le sommes ; rien
n'empêche que vous preniez cette petite distraction qui pro-
curera à vos amis une si douce jouissance. Malheureusement
Mad^lle Secondat nous a quittés, elle aurait été un motif de plus

M. de Chausenque. Cette partie de ses récits est une des plus neuves
& des plus importantes. Quand mon cher concitoyen parlait de Néouvielle, c'était avec l'animation, avec le feu d'un général vantant sa plus
belle victoire.

1. N'oublions pas que sous ce prénom féminin est mentionné le
frère de l'auteur.

2. Les *Voyages au Mont-Perdu* parurent en 1801, douze ans après
les *Observations sur les Pyrénées.*

pour vous déterminer. Je l'aurais priée au reste de presser votre
départ, mais mon voyage de la Canau m'a privé d'assister au
sien. Venez, je vous ferai voir le pont de Gavarnie[1] & des
lieux voisins avec qui j'ai fait connaissance, notamment le lac
des Expressions d'où l'on a une vue incomparable du Marboré[2]. Quant au mont Perdu c'est un peu tard. Le glacier
de *Tuque rouge* est impraticable ; je viens de le voir, &
quant au [nom illisible][3] il faudrait coucher à Pinède & ce
n'est pas dans ces circonstances qu'il est à propos de faire ce
voyage, mais bien d'autres courses vous dédommageront & le
plaisir de causer ensemble remplira bien utilement les intervalles. Venez donc à moins que des affaires majeures ne vous
en empêchent, & recevez en attendant les tendres amitiés de
la famille.

VIII

Bagnères, 4 frimaire XI (25 novembre 1802).

Ma marche est changée, mon très cher collègue, & je me
fais une fête d'aller vous embrasser. La convocation du corps

---

1. Sainte-Beuve a cité (p. 384) un passage de Ramond sur le pont de
Gavarnie.
2. Le Marboré & le Mont Perdu sont les deux sommets dont Ramond s'est le plus occupé dans ses livres. Sainte-Beuve a reproduit
(p. 385-386) un passage du récit de l'ascension du Marboré, ajoutant :
« Pourquoi ces pages & tant d'autres qui honorent la littérature scientifique & pittoresque de la France ne sont-elles pas plus connues? »
L'éminent critique cite (p. 398) une remarquable phrase de Ramond
qu'il encadre dans ce beau passage : « Ramond, après la chute du trône
au 10 août, retourna dans ses chères montagnes des Pyrénées; il y était
à la fin de 1792, &, à peine arrivé, il courait droit au Marboré qui
avait été le grand attrait de son précédent voyage. La saison était trop
avancée pour lui permettre de l'aborder de front ; il se contenta de le
côtoyer & de le contempler des plus rudes sentiers. Et que lui impor-
tait, pourvu qu'il le vît du moins & qu'il en approchât? Lui qui a si
bien senti l'individualité & connu le génie de chaque montagne, n'a-
t-il pas dit : *Une fois que le Marboré s'est saisi du spectateur, on n'est plus
où l'on est, & il n'y a plus que lui dans tout ce qui mène à lui.* »
3. Ce nom commence par un P. Faut-il lire Pimené?

législatif étant décidément retardée[1] mon collègue de Plaisance s'est déterminé à l'attendre chez lui & m'a rendu ma parole, moi qui ne puis retarder mon départ vu la nécessité de rejoindre l'Institut. Je profite avec grande joye de la liberté qui m'est rendue pour prendre la route d'Agen & passer au moins vingt-quatre heures avec vous. J'espère partir pour huit ou dix jours & vous embrasser sous douze ou quinze. Cette certitude abrège ma lettre. La conversation vaudra mieux que vingt pages d'écriture; mille amitiés au préfet que j'aurai grand plaisir à voir[2].

Respects à vos dames & assurance de tout l'attachement & le dévouement de ma famille.

RAMOND.

Si vous avez quelque affaire à Bordeaux il faudrait la remettre à mon passage, nous ferions gayement route ensemble & un souper tout agréable chez notre ami Faucher.

IX

Clermont-Ferrand, 28 octobre 1806.

M. Ratoin, mon cher Saint-Amans, part d'ici content de nous; j'ai eu deux plaisirs en réformant[3] son fils : j'ai fait justice & je l'ai fait à quelqu'un que vous aimez.

Il vient de faire chez moi un fort mauvais diner qu'il a attendu jusqu'à six heures du soir parce que j'étais dans les horreurs d'un conseil de recrutement qui a été suivi de l'arrestation & de l'interrogation d'une bande d'écrous [sic].

Plaignez-moi du métier que je fais; l'un des symptômes les

---

1. Ramond avait été nommé, en 1800, représentant du département des Hautes-Pyrénées au corps législatif; il y prit, dit Sainte-Beuve (p. 401) la place qui était due à son caractère & à ses talents, & fut vice-président de cette assemblée.

2. Le préfet du département de Lot-&-Garonne était alors le baron Jean Pieyre qui avait été nommé le 18 ventôse an VIII. Voir sur cet administrateur la *Bibliographie générale de l'Agenais* (t. II, p. 201).

3. Comme préfet présidant le conseil de revision.

plus marqués de la violence qu'il fait éprouver à toutes mes habitudes, c'est que je réponds aujourd'hui seulement à la bonne lettre que vous m'avez écrite le 11 août par ce même Ratoin.

Cependant comme il m'est impossible d'oublier ni vous ni ce qui peut vous être agréable, je n'ai point perdu de vue le mémoire sur les baromètres que vous me demandés. Le voilà. Il sera, j'espère, bientôt suivi d'un autre, car on en imprimera un second sur la même matière dans le prochain volume de l'Académie des sciences.

M. Ratoin m'a fait un grand plaisir en me disant que vous jouissiez encore de la présence de M. votre fils & de sa femme & que vous espériez même le garder en France. Il m'en a fait encore un plus grand en m'apprenant que vous projetiez de venir voir l'Auvergne & moi ; & faire connaissance avec ma bonne femme que vous aimerez bien quand vous la connaitrez [1]. Vous avez une chambre prête à la préfecture, & je vous assure que le pays & vos hôtes vous dédommageront de la peine du voyage [2].

J'ai de bonnes nouvelles des Pyrénées. Quand nous y reverrons-nous? Vous me croirez aisément quand je vous dirai que malgré les beautés du département la maladie du pays me gagne.

Salut & respect à vos dames & assurance pour vous d'une éternelle amitié.

RAMOND.

1. Ramond avait épousé une fille du baron Bon-Joseph Dacier, né à Valognes en 1742, mort à Paris en 1833, membre de l'Académie française, secrétaire perpétuel de l'Académie des Inscriptions, &c.

2. Sainte-Beuve dit (p. 401) « En 1806, l'Empereur le fit préfet du Puy-de-Dôme, & il y avait certes une intention dans le choix d'un département si géologique & si conforme à la vocation scientifique de Ramond. Dans ce pays d'Auvergne, du pied de cette montagne illustrée par les expériences de Pascal, Ramond nota les variations du baromètre, multiplia les observations & les mesures en tout sens, & perfectionna cette branche de la physique avec une patience & un besoin d'exactitude rigoureuse qui s'alliait en lui à l'imagination la plus brillante. »

X

Barèges, 25 juillet 1809.

Après quatre ans d'absence me voilà dans nos Pyrénées, mon cher Saint-Amans, & le désir de vous y revoir augmenté en leur présence & par notre proximité. On me donne peu d'espoir cependant. Un M. Chobart, bien sourd, mais que l'on n'entend que trop bien quand il dit que vous ne viendrez pas[1], nous allègue des motifs qui ajoutent encore au déplaisir de vous attendre en vain. Ah ! s'il ne s'agissait que de vous prêter un peu d'argent combien nous le placerions à grosse usure s'il nous procurait le plaisir de faire quelque promenades avec vous ! Du reste Barèges n'est pas cher cette année. Il est plein de militaires & vide de gens à dépense. Mais aussi semble-t-il bouder tout le monde ! Le temps est constamment affreux & je crois qu'il vous attend comme nous pour nous donner un mois d'août qui nous dédommagera de juillet.

Avez-vous au moins de bonnes nouvelles de votre blessé[2]. Des blessures, si elles ne sont point dangereuses sont une espèce de bonne fortune pour l'homme de guerre qui cherche à percer dans cette cohue de braves où l'on se dispute des rangs achetés au prix de son sang & de la vie de ses camarades. Fasse le Dieu des armées que votre fils ne trouve que des gra-

1. Louis-Athanase Chaubard, naturaliste agenais, collaborateur de ses deux compatriotes Bory de Saint-Vincent & Saint-Amans, auteur des *Eléments de géologie* (1833) & de l'*Univers expliqué* (1841). On ne peut douter de l'identité du *Chobart* de Ramond & du *Chaubard*, botaniste & géologue, car comme le rappelle l'auteur de la *Bibliographie générale de l'Agenais* (t. 2, p. 165), Chaubard, avocat à Agen de 1808 à 1831, dut s'éloigner du barreau à cause de sa surdité & se donna tout entier aux études scientifiques.

2. Ce blessé était le fils cadet de Saint-Amans, Jean-Casimir, qui devint chef d'escadron de lanciers & mourut en 1873. La blessure en question avait été reçue par le jeune officier (il avait alors vingt-quatre ans), le 6 juillet, à la bataille de Wagram.

des dans celui qu'il a versé & vous revienne sain & sauf avec des décorations de plus & pas un membre de moins[1] !

Les Pyrénées n'ont pas changé, mais j'ai beaucoup changé. Les mêmes fleurs naissent à la même place, mais cette place s'éloigne de moi ; les pentes sont plus raides, les sommets plus élevés, les précipices plus profonds. Nos eaux même ont moins de vertu[2] & j'y cherche peut-être en vain la santé, cette fleur de la vie que le travail & les ennuis ont fanée & qui ne renaît pas comme les fleurs de la montagne[3]. Qui sait si je reviendrai encore une fois ici, une fois que je serai parti ? Nous vieillissons, mon cher Saint-Amans[4], & il faudrait bien nous revoir encore une fois sur cet heureux théâtre de nos premières liaisons[5].

J'ai trouvé ma sœur en meilleur état & ses enfants tellement grandis que je ne les reconnaissais pas. Ces enfants font la douceur & le tourment de la vie. En voyant les années qu'ils gagnent on voit celles qu'on a perdues.

Toute la famille se réunit pour se rappeler à votre bonne amitié, & je voudrais que ma femme eût les mêmes titres comme elle a déjà les sentiments que je lui ai tant de fois exprimés pour vous.

Bonjour & attachement éternel.

RAMOND.

1. Ce vœu si spirituellement formulé fut doublement exaucé : Casimir devait garder tous ses membres & devenir Officier de la Légion d'honneur.

2. Peut-on mieux décrire le commencement du déclin, l'influence fatale de la soixantaine qui s'approche ?

3. Je me demande si l'on a jamais donné une plus gracieuse définition de la santé, & si l'on a exprimé avec une plus poétique mélancolie le regret de la perte du plus précieux de tous les biens.

4. Saint-Amans avait sept ans de plus que Ramond, lequel ici se vieillit par politesse, supprimant toute la distance qui le séparait de son ami.

5. Saint-Amans avait déjà visité les Pyrénées en juillet & août 1788. Voir ses *Fragments d'un voyage sentimental & pittoresque dans les Pyrénées, ou lettres écrites de ces montagnes* (1789, in-8°). Saint-Amans, comme Ramond, comme Chausenque, comme aussi un autre de ses confrères, l'historien Samazeuil, resta jusqu'à la fin de sa vie un amoureux des Pyrénées.

XI

Barèges, 1ᵉʳ août 1809.

J'ai reçu votre lettre du 22 juillet, le lendemain du jour où je vous ai écrit & j'ai appris avec bien de la douleur que vous avez au sujet de votre fils[1] bien des inquiétudes. Elles sont fondées sans doute puisqu'il est aux portes du péril, mais le retard des lettres n'est point un sujet de souci, car on n'écrit pas quand on veut, & la marche des courriers est exposée à bien des incidents fort nombreux. Nous avons en Espagne des jeunes gens qui ont laissé leurs parents six mois dans l'inquiétude avant de pouvoir leur donner signe de vie.

Rien ne m'a plus contrarié dans mon voyage que de ne pouvoir aller vous embrasser, mais j'avais une grosse fièvre qui me pressait d'arriver. De Limoges je me suis dirigé sur Toulouse pour éviter les éternels passages de rivières. Et je me suis si mal trouvé de la route de Clermont à Limoges que je pourrai m'en retourner par Montpellier & Lyon[2]. Il vaut mieux faire un détour que de s'engager dans de mauvaises routes où l'on manque de chevaux & casse sa voiture. Je ne sais donc si je pourrai passer par Agen, & je comptais bien sur le retour de Barèges. Vous me faites bien mal au cœur de ne me laisser aucune espérance. Dans d'autres temps j'y aurais suppléé, mais à présent le temps n'est pas à moi & ma santé est si mauvaise que je suis dépourvu de courage. Dites-moi si vous avez reçu mon troisième mémoire sur le Baromètre ; il y a deux ou trois mois que je vous l'ai adressé par la poste. Comme je l'ai envoyé à cinq ou six personnes & qu'aucune ne m'en a accusé réception, je crains que la poste ne l'ait laissé dans ses archives.

Il n'y a pas moyen d'herboriser; le temps est détestable. Si cela continue, je tremble pour nos foins, nos moissons & les vôtres. Bonjour & éternelle amitié.

RAMOND.

1. L'officier de cavalerie déjà mentionné.

2. A propos de Montpellier, rappelons que le père de notre auteur, trésorier de l'extraordinaire des guerres, était natif de cette ville. Aussi peut-on dire que Ramond était un fils de Strasbourg & un petit-fils du Midi.

XII

Bagnères, 22 novembre 1809.

Le désir de vous voir, de vous embrasser, de vous faire connaître ma femme l'emporte, mon cher Saint-Amans, sur toute autre considération. Je changerai de route puisque cela vous fait plaisir, & quelque pressé que je sois je passerai une journée à Agen, une journée sans plus. Ma hâte de revenir ne m'en permet davantage.

Je compte partir de Tarbes dimanche prochain, 26, les jours sont courts & ma santé fort raffermie. Je n'arriverai à Agen que lundi, 27, fort tard ou mardi, 28 au matin. Je ne pense pas que par le temps qu'il fait vous soyez à la campagne[1] à voir dépérir la nature en gelées précoces; cependant je descendrai chez Castaing[2] & quand vous seriez à Agen je n'en ferais pas autrement. Une auberge est fort commode pour ma voiture, mon domestique & pour mon départ avant le jour. Du reste je serai à vous & ma femme à madame de Saint-Amans pour toute la journée. Nous vous demanderons un dîner frugal, à quelle heure que ce soit, & point de souper, car nous ne soupons pas & nous jaserons pendant quinze ou seize heures; il n'en faut guère moins à gens que leur destin a séparé depuis si longtemps.

Sur ce je me hâte de finir & vous embrasse d'avance du meilleur de mon cœur.

RAMOND.

1. A Saint-Amans, commune du canton de Puymirol, à quatorze kilomètres d'Agen.

2. Le plus fameux des hôteliers d'Agen sous le premier empire. M. de Chausenque & mon père dans leur jeunesse partaient quelquefois de Gontaud pour Agen, dans les longs jours de l'été, à pied, vers quatre heures du matin ; ils déjeûnaient solidement chez Castaing & repartaient également à pied, le soir, pour souper de bon appétit à Gontaud, contents d'avoir fait leurs quatre-vingt-seize kilomètres & leurs petites affaires. C'était le bon temps des jambes infatigables & des estomacs merveilleux.

XIII

Bagnères, 24 novembre 1809.

Je vous écrivais avant-hier, mon cher Saint-Amans, bien décidé à partir demain & vous voir lundi ou mardi, mais voilà un temps affreux & une baisse de baromètre qui me fait chanceler. Il est possible que je ne parte pas demain & que le désagrément des rivières gonflées nous contraigne à prendre une route qui nous épargne deux traversées de la Garonne. Je voyage avec une femme, & je voyage malade ; pardonnez-moi quelques soucis pour un voyage déjà long & difficile. Quoi qu'il en soit le temps nous décidera. Si vous nous voyez arriver, croyez que nous en aurons plus de joye que vous. Si nous n'arrivons pas, regardez mon mécompte comme un des nombreux contretems auxquels ma situation m'expose.

Bonsoir & amitié pour la vie.

RAMOND.

XIV

Barèges, 29 septembre 1810.

Je vous répondrai en peu de mots, mon cher Saint-Amans, parce que je fais mes paquets, que je serai après-demain à Bagnères & que je partirai de Bagnères pour Clermont le 3 ou le 4 octobre, avec l'intention d'aller vous voir & vous rapporter moi-même la *Flore* de Roth que je suis inexcusable d'avoir oublié dans ma bibliothèque[1].

Je vous dirais précisément ma marche & le moment de mon arrivée si j'étais sûr de la santé de ma femme, mais elle s'avise d'être grosse & ne s'en est distinctement aperçue qu'ici. Me voilà dans le chapitre des ménagements, transportant un meuble très fragile, & ne sachant pas à trois ou quatre jours près celui où j'aurai le plaisir de vous embrasser.

1. Le *Manuel du Libraire* mentionne ces deux ouvrages d'Albert-Guillaume Roth : *Catalecta botanica* (Leipsick, 1797-1806, 3 vol. in-8°) & *Novae plantarum species* (Halberst, 1821, in-8°).

J'ai eu un grand plaisir à voir Monsieur votre fils qui vous ressemble beaucoup; j'en aurai beaucoup à le retrouver à Agen, vous donnant quelques heureux jours pour beaucoup de tristes que vous avez eus.

C'est moi qui vous ai envoyé d'ici mon quatrième mémoire, comptant vous écrire tous les jours. Je finis en hâte, car mon départ est marqué par beaucoup d'écritures auxquelles je suis condamné par une liasse de lettres d'affaires qui viennent de m'assaillir. L'espérance que j'ai de vous voir abrège l'expression de tous les anciens & fidèles sentiments que je vous ai voués pour la vie.

RAMOND.

XV

Paris, 7 août 1816.

M. Le Four qui passe à la direction des contributions de votre département après avoir occupé longtemps & avec distinction la même place dans celui du Puy-de-Dôme me demande des recommandations pour Agen; à qui puis-je mieux l'adresser qu'à vous, mon cher Saint-Amans, pour l'accréditer dans un lieu où vous jouissez d'une considération si unanime & si bien méritée? Recevez M. Le Four avec confiance; c'est un galant homme auquel le département du Puy-de-Dôme a de grandes obligations. Il a travaillé avec moi huit années & nous nous sommes séparés également contents l'un de l'autre. Je désire pour lui & pour vous que sa femme aille le rejoindre bientôt. Elle est fort aimable & appartient à une excellente famille de Clermont. Ils apporteront l'un & l'autre à la société d'Agen un tribut qui n'est pas à dédaigner.

Sur ce, bonjour & tendres amitiés de notre petit ménage.

RAMOND.

J'ai donné à M. Le Four un petit bout de lettre pour le pauvre Lomet. Vous lui direz s'il doit oui ou non la remettre vu l'état de la santé de notre ami.

1. Sur l'ingénieur Antoine-François Lomet, baron des Foucaux, qui fut en 1797 professeur de physique & de chimie à l'Ecole centrale du

XVI.

Paris, le 10 octobre 1819.

Vous verrez par les deux lettres ci-jointes, mon cher Saint-Amans, qu'au reçu de la vôtre j'ai fait ce qui dépendait de moi pour notre Ecole, & qu'on m'a accordé avec beaucoup de grâce ce qu'on pouvait me donner dans l'état peu florissant des finances du ministère. Je n'ai pas besoin de vous dire que j'ai éclairci les doutes de M. Villemain[1], & lui ai dit que les 500 francs devaient être appliqués à l'Ecole fondée par la Société d'agriculture.

Nous sommes de retour à Paris depuis le 8 septembre, après cinq semaines d'absence, dont un mois passé au Mont-Dore, que je connais trop bien maintenant pour qu'il excite ma curiosité, & où je n'ai fait d'autres courses que celles qui pouvaient amuser ma femme & mon enfant. Sevré bon gré mal gré de l'étude de la nature, je regarde à peine les pierres & les plantes. Partout la chaîne me suit & les affaires me poursuivent.

Heureux que vous êtes! les sottises ignorantines des ignorantins de votre conseil général, ne vous empêchent pas de terminer & publier votre Flore d'Agen[2], heureux que je suis à

Lot-&-Garonne, après avoir professé à l'Ecole polytechnique (ce qui était devenir d'évêque meunier), voir la *Bibliographie générale de l'Agenais*. M. Andrieu signale parmi les publications de Lomet un *Mémoire sur les Eaux minérales & les établissements thermaux des Pyrénées* (Paris, 1795). L'habile ingénieur s'était marié à Agen & il séjourna pendant plusieurs années dans cette ville « qui lui dut de nombreux travaux d'embellissement » & qui aurait bien dû donner son nom à quelqu'une de ses nouvelles rues de préférence à tels & tels noms prétentieux qui ne rappellent aucun service rendu à la petite capitale de l'Agenais.

1. S'agit-il là du célèbre professeur académicien ?

2. *Flore agenaise, ou description méthodique des plantes observées dans le département de Lot-&-Garonne*, &c. (Agen, Prosper Noubel, 1821, in-8°). Ramond avait reçu un exemplaire de faveur, plus d'un an avant la mise en vente des exemplaires ordinaires.

mon tour de l'avoir & de la placer sur ce rayon de livres chéris où sont nos Pyrénées & quelques flores parmi lesquelles je vais délasser de loin en loin mon triste esprit tout meurtri de la lecture du *Bulletin des lois* [1], & qui n'a de repos que dans ses souvenirs.

Adieu pour aujourd'hui ; aimez toujours une famille qui vous aime. Hommages à Mme de Saint-Amans.

RAMOND.

XVII.

Paris, vendredi soir, 18 juillet 1823.

Victoire! mon cher Saint-Amans, nous avons une médaille! L'Académie des inscriptions vous en a donné une dans sa séance d'aujourd'hui [2], & votre nom sera glorieusement proclamé dans sa séance publique de vendredi prochain 25, avec ceux de MM. Jolloiz [3] & Artaud [4], qui partagent avec vous

---

1. La piquante & vengeresse expression sera bien comprise de tous ceux qui, comme Ramond, ont été détournés de leurs études favorites par d'ingrates & pénibles besognes. C'est aussi aux livres préférés que l'on peut appliquer dans le sens le plus élevé ce mot si souvent répété : *Là où est mon trésor, là est mon cœur.*

2. La médaille d'or du concours des Antiquités nationales. C'était la juste récompense du zèle avec lequel Saint-Amans avait étudié la question de la position & des limites du pays occupé par les Nitiobriges, la question de Cassinogilus, la question de Pompejacum, &c. Les notices successivement présentées à l'Académie des inscriptions par notre archéologue ont été réunies par le fils déjà nommé de l'auteur dans un volume intitulé : *Essai sur les Antiquités du département de Lot-&-Garonne.* (Agen, 1859, in-8°.) M. Jules Andrieu, qui n'oublie presque rien, a oublié de dire que Saint-Amans eut l'honneur d'être un des correspondants de l'Institut de France.

3. J.-B. Prosper Jolloiz, était un ingénieur en chef des ponts & chaussées qui avait fait partie de l'expédition d'Egypte. Voir la liste de ses travaux dans tous nos grands recueils biographiques ou bibliographiques, notamment dans le *Manuel du libraire.*

4. L'antiquaire François Artaud naquît à Avignon en 1767 & mourut à Orange en 1838. Voir une très bonne notice sur ce fécond érudit dans le *Dictionnaire historique, géographique & bibliographique du département de Vaucluse,* par le Dr Barjavel (t. II, pp. 100-104).

l'honneur d'en recevoir chacun une. Je devance la renommée à qui je vole sa trompette pour vous saluer bien vite de cette bonne nouvelle[1] & n'ai qu'un regret : celui de ne pouvoir le transmettre en passant à monsieur votre fils qui est à Paris, car il a laissé une carte chez moi, mais qui n'y a pas laissé son adresse. Or je ne puis courir Paris aujourd'hui pour le déterrer, car je retourne sur le champ à la campagne où je suis attendu.

J'y vais bien content, du moins, de voir enfin vos beaux travaux dignement appréciés & de vous assurer que M. Dacier (qui vient de me communiquer le résultat de la délibération), n'en est pas moins enchanté que moi.

Bonsoir, mon cher Saint-Amans, je n'ai pas besoin de vous décrire longuement les sentiments qui m'attachent à vous pour la vie.

RAMOND.

XVIII.

Paris, 2 août 1823.

Votre bonne lettre du 24 juillet est venue, mon cher Saint-Amans, renouveller ma joie en me communiquant la vôtre[2], & pour surcroît, votre cher fils est arrivé sur son cheval de course, m'apporter la sienne, à mi-côte du Mont-Valérien où nous avons entonné un *Te Deum* à notre manière qui n'est pas précisément celle de nos voisins[3]. Sur ce, nous sommes venus à Paris, ma femme & moi donner au papa Dacier[4] un petit avant-goût de la lettre que vous lui écrivez, & le consulter sur vos incertitudes : je les lèverai en peu de mots :
1° M. Dacier vous a officiellement annoncé votre médaille, c'est à lui qu'il faut écrire en réponse, & le prier d'offrir vos

1. On reconnaît le bon ami, dans la spirituelle gaieté de la métaphore.
2. La joie du lauréat de l'Institut.
3. Les religieux réunis autour du *Calvaire* fondé en 1634, par l'abbé Hubert Charpentier.
4. Nous avons déjà vu que le secrétaire perpétuel de l'Académie des inscriptions était le beau-père de Ramond.

remerciements à l'Académie ; 2° il faut faire retirer votre médaille, qui est entre les mains de M. Dacier. Cette médaille
est censée de 5oo francs, mais comme la pièce n'a emporté que
36o francs, le surplus sera remis en argent comptant. Vous
adresserez donc votre reçu à monsieur votre fils, portant que
vous reconnaissez avoir reçu des mains de M. Dacier, secrétaire
perpétuel de l'Académie des inscriptions, la médaille qu'elle
vous a décerné, plus la somme qui en complète le prix. Voilà
ce dont nous sommes convenus. Cela fournira à M. Dacier
l'occasion de connaître monsieur votre fils qui, de son côté, ne
sera pas fâché de le voir, & vous aurez votre médaille plus
promptement que si je l'avais retirée. Il faut prévenir monsieur votre fils que M. Dacier n'est à Paris que les mercredis,
jeudis & vendredis, & qu'on le trouve sans faute chez lui,
rue Colbert, n° 4, de dix heures à deux heures¹.

Maintenant, mon cher Saint-Amans, je vous laisse à vos
chères études, pour retourner aux miennes, nous reprenons le
chemin de notre petit trou de campagne, que monsieur votre
fils vous décrira en quatre mots, s'il en a la fantaisie, comme en
quatre pas on en fait le tour. J'y vais retrouver mes trois ou
quatre cent Lichens, rangés sous les ordres du général *Acharius*², qu'assurément je possède, puis pour passer en revue mes
hépatiques & mes mousses que *Schwægrichen & Bridel*³ m'ai-
dent à mettre en ordre de bataille, puis avec mon fils bêcher
mon petit jardin quand le ciel le permettra, nous remettant à
lui du soin de l'arroser, chose à laquelle il ne manque guère, &
du reste supportant avec patience l'hiver de la Saint-Jean⁴,
dans l'attente de l'été de la Saint-Martin.

1. Dacier était logé là en sa qualité de conservateur de la Bibliothèque royale.

2. Erik Acharius est l'auteur de deux ouvrages renommés : *Methodus
quæ omnes detectos lichenes... species & varietatis*, &c. (Stockolm, 1807,
in-8°) & *Lichenographia universalis.* (Gœttingue, 1810, in-4°.)

3. Le premier de ces naturalistes n'a pas d'article dans le *Manuel du
Libraire*, mais on y trouve Sam. El. Bridel, auteur de : *Muscologia re-
centiorum, seu analysis, historia & descriptio methodica omnium musco-
rum*, &c. (Gotha, 1797-1803, 3 vol. in-4°.)

4. Nous avons vu nous aussi des mois de juin humides & froids qui
nous obligeaient à rallumer le feu, le soir, dans nos cheminées éton-

Bonjour donc, hommage à Mme de Saint-Amans, & pour vous tout ce que vous savez de notre attachement.

RAMOND.

XIX.

Paris, 4 décembre 1823.

Monsieur votre fils, mon cher Saint-Amans, a eu la bonté de venir nous apporter votre lettre. Je dis la bonté car comme vous me l'annoncez, il ne fait que passer & doit prendre aujourd'hui la route de Fontainebleau. Comme vous devez avoir encore un reste d'inquiétude sur sa santé, moi de mon côté je me hâte de vous dire que nous l'avons trouvé hier bien dispos & bien frais, & comme je lui ai promis de vous le certifier, de peur qu'il n'ait pas le temps de le faire, je me lève de mon lit un peu malade que je suis pour m'acquitter de ma promesse. Vous faites mieux que moi, mon cher Saint-Amans, vous vous portez à merveille; vous avez un grand cabinet, une bibliothèque rangée[1]; tout cela n'est pas à ma portée & je vis cahin caha dans un nid à rats.

Nous n'oublierons pas votre commission auprès de M. Deiler; on ira la faire dès le matin.

Pour moi je finis mon bout d'épître qu'il faut envoyer à la poste bien vite, & vous n'aurez rien plus de moi pour aujourd'hui, car nos hommages à Mme de Saint-Amans & à vous les tendres amitiés de vos dévoués sont choses qui vont sans dire.

RAMOND.

Je venais, hier, de lire vos observations sur le Riz dans les

nées. La température est une grande capricieuse : au moment où j'écris ces lignes (31 janvier), le soleil rayonne si bien qu'il fait presque chaud comme en plein été.

1. Les collections de Saint-Amans étaient d'une grande richesse. Il possédait non seulement de très beaux livres, mais aussi de très précieux manuscrits, comme on peut en juger par une fort intéressante étude de M. Philippe Lauzun : *Les manuscrits de la Bibliothèque de Saint-Amans*. (Agen, 1890, in-8°.)

Annales d'Agriculture, & elles m'avaient autant amusé qu'instruit[1].

XX.

Paris, 29 décembre 1823.

Point du tout, mon cher Saint-Amans, je n'ai point été incommodé du petit effort que j'ai fait pour vous donner des nouvelles de votre cher fils. Les bonnes œuvres portent leur récompense avec elles. D'ailleurs il m'avait fait honte de ma caducité en me disant combien il vous a trouvé gaillard & dispos vous, mon aîné, car je ne fais qu'entrer ces jours-ci dans ma soixante-dixième. Il est vrai que vous n'avez eu ni mes fatigues, ni mes misères, & que vous êtes libre des soins qui poursuivent ma vieillesse.

C'est une bonne & charitable idée à vous de me pourvoir de ce bon vieux vin de Bergerac que j'ai appris à connaître chez vous[2]. Je n'osais pas vous en donner la peine, & m'étais adressé à des propriétaires de Bergerac même. On m'a fait goûter de très bon vin, mais trop jeune encore, clair, léger, comme nous le connaissions dans son adolescence, rien de semblable à ce vin coloré, vigoureux que vous m'avez procuré dans son âge viril, il y a sept ou huit ans. Certes vous me ferez fête si vous pouvez m'en faire expédier une caisse d'une trentaines de bouteilles dont j'acquitterai le prix ès-mains de votre cher fils qui va, j'espère, revenir & passer l'hiver avec nous.

Après avoir lu votre article sur le Riz sec émondé dans le journal de l'*Agriculture*, je l'ai relu orné de ses petits [mot illisible] dans la feuille que vous m'avez transmise, & le grain de sel ne m'a pas déplu. Je vous aime beaucoup dans ces matières que MM. les agronomes traitent avec une pédanterie si lourde. Vous vous en jouez, vous, en homme supérieur à ces

1. *Observations critiques sur le prétendu riz de la Cochinchine.* (Agen, 1823, brochure in-8°.)

2. Flatteur éloge à joindre à tous les éloges dont a été jadis honoré le nectar de Bergerac.

niaiseries & qui sait comme disait Buffon[1], qu'une mouche ne doit pas tenir dans la tête d'un philosophe plus de place qu'elle n'en tient dans la nature.

Portez-vous bien, mon cher Saint-Amans, moi je vais mieux, mais cette vilaine saison m'éprouve. Ma femme se fait vieille femme & mon fils grand garçon. Chacun son tour. Du reste, aimez-nous comme nous vous aimons. Tout à vous & aux vôtres.

RAMOND.

XXI.

Puteaux, près Neuilly, dép[t] de la Seine, 31 mai 1826.

Il y a trop longtemps, mon cher Saint-Amans, que je n'ai eu de vos nouvelles & ne vous ai donné des nôtres ; nous en avions réciproquement l'année dernière par l'intermédiaire de monsieur votre fils, mais il nous a abandonnés tout cet hiver, & moi j'ai été si longtemps malade que je n'ai eu ni le moyen de l'aller chercher, ni le courage de faire courir après lui, d'autant que nous avions encore le souci que nous ont successivement donné une maladie grave de mon frère & une fausse couche de nature très dangereuse qu'a fait ma nièce.

Enfin, avant-hier j'ai pu me mettre en quête de monsieur votre fils & l'ai trouvé bien portant, mais peut-être un peu honteux de nous avoir tant négligés. Je crains qu'il ne se repente actuellement du parti qu'il a pris l'année dernière, contre mon avis bien formel, & probablement contre le vôtre. Alors je lui dis ce que je savais de mieux pour le détourner d'une résolution de dépit ; aujourd'hui j'ai fait un effort pour l'encourager à tirer de sa position actuelle tout le parti dont elle est susceptible. A son âge on peut encore braver la fortune. Hélas ! j'en ai été le jouet plus que bien d'autres, & dans tou-

---

1. Ramond avait eu d'excellentes relations avec Buffon. Quand tout jeune encore (1781), il lui présenta des traductions des lettres de William Coxe sur la Suisse, fort augmentées & perfectionnées, le grand naturaliste l'accueillant avec une paternelle affabilité, s'écria : « Monsieur, vous écrivez comme Rousseau. »

tes les situations où il lui a plu de me placer, je me suis rési-
gné & j'ai trouvé des ressources.

Il y a quelques temps, m'a-t-il dit, qu'il n'avait eu de vos
nouvelles, je me mets donc en mouvement pour m'en procurer.
Comment allez-vous? Que faites-vous? Rêvez-vous archéo-
logie, histoire naturelle? Moi je m'amuse de botanique, & à ce
propos je me demande si vous aviez une voye à m'indiquer pour
vous faire parvenir certains mémoires que l'Institut fait impri-
mer en ce moment & qui me seront livrés d'ici un mois. Ces
mémoires ont pour sujet *La flore de la cime du Pic du Midi*. De
ce point j'ai embrassé un horizon assez vaste. L'Institut a paru
s'intéresser vivement à mon travail ; il m'est demandé de toute
part, les Annales du musée impriment une partie, l'Institut
imprime le tout, & c'est ce tout que je veux vous envoyer.
M. de Humboldt, qui refait sa géographie des plantes[1], s'est
rué sur ma flore[2] ; il a voulu avoir communication des feuilles
de mon manuscrit à mesure que je les livrais à l'imprimeur.
Tous ces suffrages me donnent l'espérance que ce petit & sin-
gulier ouvrage ne vous ennuyera pas. Si vous n'avez pas d'occasion à m'indiquer, il me restera la ressource de la poste.
Amusons comme nous pourrons notre vieillesse, mon cher
Saint-Amans, au milieu de choses qui ne sont guère amu-
santes, & puissions-nous nous crier longtemps & réciproquement courage du fond de nos retraites, à un âge qui ne nous
permet plus d'en franchir la distance, mais qui ne peut attié-
dir les sentiments que nous nous sommes voués. Ma femme se
porte bien, nous souhaitons qu'il en soit de même de Mme de
Saint-Amans. Mon fils[3] cultive son jardin & fait son petit

---

1. Le baron Alexandre de Humboldt publia avec son compagnon de
voyage Aimé Bonpland une série de volumes sur les *régions équinoxiales
du nouveau continent.* (Paris, 1807 & années suivantes.) *L'Essai sur la
Géographie des plantes* forme la cinquième partie de ce magnifique ouvrage (grand in-4°).

2. Ce mot qui fait image, montre combien restait vif l'esprit du sep-
tuagénaire.

3. Ce fils dont on trouvera une lettre plus loin (*Appendice*, n° 2) a
été honorablement mentionné par Sainte-Beuve (p. 399, note 1) en ces
termes : « Le fils de M. Ramond a donné en 1849 un tome premier des

herbier dans les intervalles que lui laissent ses études, il n'a le bonheur de vous connaître que par quelques-unes de vos œuvres [mais c'est assez], pour qu'il se réunisse de cœur avec nous dans l'expression des sentiments que nous vous avons voué pour la vie.

RAMOND.

XXII.

Paris, rue de Provence, 3 février 1827.

Sommes-nous morts tous deux, mon cher Saint-Amans ? Point de nouvelles ni de l'un ni de l'autre. Si nous étions dans les Champs-Elisées, nous nous serions assurément rencontrés autour de notre premier père, lui demandant un petit catalogue des plantes du paradis terrestre pour en enrichir l'ombre de nos herbiers[1]. Quant à ce chien de monde où nous sommes probablement encore mais où en vérité je ne suis plus guère[2],

Œuvres complètes de son père, classées & publiées par ses soins. Ce premier volume tout scientifique, contient les divers mémoires sur la *Formule barométrique* & les *Nivellements ;* il attend & il appelle les volumes suivants, d'un intérêt plus général pour les divers ordres de lecteurs, & dont le digne fils de M. Ramond est fait pour apprécier autant & mieux que personne, les mérites & les beautés. »

1. Décidément, malgré l'âge & la maladie, l'esprit de Ramond n'est pas languissant. A propos de son herbier, empruntons un passage à une de ses lettres rapportées dans les *Causeries du Lundi* (p. 493) : « Je ne garde que le nécessaire pour moi & mon fils, & lui garde surtout mon herbier, parce qu'il est l'histoire d'un demi siècle de ma vie. Je vis maintenant avec mon herbier & les souvenirs qui l'accompagnent : hors de là tout m'est devenu superflu. » Quel bonheur que cet herbier n'ait pas été dévoré, en 1814, par les chevaux des Cosaques, lesquels Cosaques pillèrent la petite maison de campagne de Ramond (véritable maison de Socrate) & détruisirent les manuscrits du savant écrivain & notamment l'ouvrage où il avait refondu & complété ses publications pyrénéennes ! Avec quelle douce philosophie Ramond disait des sauvages destructeurs de ses plus précieuses richesses : « C'est venir de bien loin pour faire du mal à un homme qui n'en veut à personne. »

2. Déjà, quatre ans auparavant, Ramond écrivait à M. Roger-Lacassagne (octobre 1823) : « Pardonnez, de grâce, à la paresse d'un homme qui se repose de plus d'un demi-siècle de fatigue, lit encore, mais n'écrit guère, rêve souvent & ne pense plus. »

il nous retient prisonniers à des distances que nos faibles voix ne franchissent plus que de loin en loin, comme si elles se préparaient peu à peu à l'éternel silence. Mais avant de partir il faut payer ses dettes. Je m'acquitte comme je puis en vous adressant par le courrier d'aujourd'hui mes mémoires complets. Amusez-vous de celui qui renferme la météorologie du Pic[1], page 28. Il a vivement intéressé mon Académie, c'était pour elle nouvelles de l'autre monde.

Quant à nous, mon cher Saint-Amans, vous m'aviez promis le 16 juillet dernier une prompte addition aux nouvelles que vous me donniez de vous & Mme de Saint-Amans, du brave Casimir & de son probable établissement. Quand donc recevrai-je ce supplément tant désiré & si longtemps attendu ?

XXIII.

[Fragment d'une lettre sans date.]

J'étais absent quand cette lettre est arrivée à Paris. Malade & misérable on m'avait traîné au Mont-Dore dont les eaux & l'air surtout [ont la réputation] de faire merveille. Or voilà qu'en mettant pied à terre à l'entrée du département, d'un groupe de mendiants à qui je distribuai quelque monnaye s'élance une vieille femme qui me jette sur une jambe amaigrie une béquille faite en marteau de forge[2] & j'arrive aux eaux pour prendre l'air dans une chambre de dix pieds en

---

1. Du pic du Midi, comme nous l'avons déjà vu. Ramond appelle cette montagne le *pic* tout court, comme les Romains appelaient Rome, *urbs*, la ville par excellence.

2. Ramond ne pouvait dire, cette fois, comme dans la lettre du 29 décembre 1823 : « Les bonnes œuvres portent leur récompense avec elles. » J'ai connu un saint prêtre qui prétendait que le diable donne souvent des conséquences fâcheuses à nos bonnes actions pour nous décourager. Quand on se plaignait à lui d'un désagrément amené par un acte de charité, il disait en souriant : « C'est un tour de *Grappin*. Vous l'attraperés bien en vous montrant encore meilleur une autre fois. » La morale à tirer de cette historiette, c'est qu'il faut être toujours bon, bon quand même & malgré tout.

quarré le cul sur un fauteuil [1] & ma triste jambe contuse &
écorchée sur un tabouret. Je suis donc revenu m'enterrer assez
mal en point dans ma petite campagne, manger du raisin de
Suresne qui m'a un peu refait. Le froid de janvier a un peu
retrempé les ressorts de ma vieille machine & me voilà vivant
tolérablement & vous écrivant d'une main qui se prête encore
difficilement à vous exprimer tout ce que je voudrais vous dire.
Il me faut par force être concis. Je vous dirai donc en peu de
mots combien ma femme tient à votre souvenir, combien mon
fils aime à entendre parler de vous & de monsieur votre fils,
avec quelle impatience enfin nous attendons de vos nouvelles.
Aimez-nous, cher Saint-Amans & recevez pour vous & les
vôtres, l'assurance de sentiments qui ne s'éteindront qu'avec
nous.

RAMOND.

APPENDICE

I.

Lettre de Ramond à Saint-Amans fils.

Paris, 25 avril 1819.

Soyez bien tranquille, Monsieur, sur votre affaire, elle est
terminée. J'ai vu hier le ministre ; il m'a confirmé que votre
nomination était signée de mercredi comme il avait eu la bonté
de me l'annoncer, que cette nomination était pour la garde,
non pour la ligne, & il a bien voulu ajouter qu'il venait de
signer les expéditions d'où je conclue que vous pourrez bien
recevoir officiellement votre nomination aussitôt que ma lettre.
Je ne m'en hâte pas moins de vous donner cette bonne nouvelle, en réponse à la lettre que ma femme a reçue de vous
hier matin, & nous nous réunissons, elle & moi, pour vous faire

---

1. Expression un peu réaliste, mais que l'on pardonnera facilement
à Ramond si l'on tient compte du nombre très considérable de locutions où la gaieté gauloise a fait entrer le monosyllabe. Il serait facile
de relever dans nos vieux auteurs, plus d'une centaine de ces plaisantes
locutions. Ramond est donc bien excusé par tant de précédents.

notre sincère compliment d'une pièce que nous n'avions pas moins à cœur que vous-même. Mille & mille amitiés à monsieur votre père lorsque vous lui annoncerez l'heureuse terminaison de cette affaire & recevez, monsieur, l'expression de tous les sentiments que nous vous avons voués, ainsi que du plaisir que nous aurons de vous revoir bientôt ici dans votre nouveau grade.

RAMND[1].

II.

Lettre de Ramond fils à Saint-Amans.

23 décembre 1826.

Il y a bien longtemps, monsieur, que j'ai le projet de vous écrire & de vous remercier de votre excellente lettre ; si je ne l'ai pas effectué, ce n'est pas le désir qui m'a manqué ; ce n'est pas non plus de la paresse, mais un espèce d'état duquel je ne puis me tirer & qui m'ôte le courage de faire ce qui pourrait le plus me convenir.

Mon père est d'ailleurs depuis plus de trois mois très gravement malade, il était un peu mieux, c'est à dire un peu moins mal depuis un mois, mais le voilà maintenant plus souffrant & plus faible. Il a l'esprit parfaitement libre & continue à

---

1. Je ne ferai que mentionner divers autres petits billets adressés par Ramond au fils de son ami. On y voit que le savant fut à plusieurs reprises un dévoué protecteur pour le jeune officier auprès du ministère de la guerre. Ramond s'adressait directement au Ministre & ses démarches étaient victorieuses, comme l'indique cette phrase d'un billet non daté : « Nous ne tarderons pas à vous féliciter d'un succès auquel je serai trop heureux de n'avoir pas été étranger. » Voici une cordiale invitation à dîner : « Permettez, monsieur, que nous nous souvenions bien vite de votre parole en vous engageant à venir *dimanche prochain* 10 de ce mois faire avec nous un mauvais dîner de campagne. Vous savez peut-être que nous dinons à quatre heures en vrais bourgeois que nous sommes. D'ailleurs plutôt nous vous verrons mieux ce sera. A dimanche donc & en attendant mille amitiés. » Casimir de Saint-Amans fut souvent l'hôte des « habitants de Puteaux » qui, lui disait aimablement Ramond, « espèrent bien vous y revoir & vous renouvellent l'expression du plaisir qu'ils y trouvent. »

s'occuper des affaires, de son Académie & de la Bibliothèque à peu près comme s'il se portait bien ; il est toujours aimable & bon[1].

Ma nièce Mme Cordier[2] doit accoucher au mois de janvier de son huitième enfant. Elle n'en aura pourtant que quatre si, comme il faut l'espérer, celui-ci vient à bien. Son frère Etienne dont vous aurez sans doute entendu parler va se marier incessamment avec une jeune personne du Jardin des Plantes, fille de M. Toscan qui était le bibliothécaire de cet établissement. Ce mariage est très agréable à Cécile (Mme Cordier) qui est très bien avec Mlle Toscan. Je n'y vois qu'un inconvénient : c'est qu'Etienne est sous-lieutenant d'artillerie & qu'une jeune femme en garnison est un espèce de contre-sens dont elle & son mari ne doivent pas tarder à s'apercevoir. Du reste ce mariage est bien assorti ; le mari excellent garçon & la demoiselle agréable & très bonne.

Monsieur votre fils avait, je crois, aussi des projets qui, je pense, ne se sont pas encore réalisés ; sa position actuelle paraissait parfaitement s'y prêter. Voulez-vous bien, monsieur, me rappeler au souvenir de Mme de Saint-Amans & au sien ?

Mon fils travaille toujours bien & tous les jours il prend plus de ressemblance avec son pauvre papa[3]. J'espère qu'il lui ressemblera tous les jours davantage. C'est tout ce que je puis lui demander en ce qui dépend de lui ; son heureux naturel l'aidera, j'espère, à y parvenir.

M. Cuvier a été bien reconnaissant de ce que vous lui avez communiqué ; j'ai lieu de croire qu'il s'en servira avec avantage, car il est rempli de bonne volonté ; il est bien malheureux, car il a perdu sa fille qui était le seul enfant qui lui restât & était une très bonne & très aimable personne[4].

1. On voit que Ramond resta jusqu'à son dernier jour ce qu'il avait été toute sa vie.

2. Pierre-Louis-Antoine Cordier, né à Abbeville en 1777, mort à Paris en 1861, fut un de nos grands géologues. D'abord ingénieur des mines, il devint professeur au Muséum, membre de l'Institut, inspecteur général de l'Université, conseiller d'Etat, pair de France, &c.

3. C'est-à-dire son grand-père.

4. Sainte-Beuve, que je me plais à citer en finissant, comme je me

Adieu, monsieur. Je m'aperçois que voilà une bien longue lettre, mais j'ai voulu me dédommager d'avoir été si longtemps sans vous écrire. Permettez que je vous renouvelle l'assurance de mes sentiments & de mon inviolable attachement.

D. RAMOND.

Louis vous présente son respect.

suis plu à le citer tout le long de mon petit commentaire (les pauvres empruntent volontiers!) rapporte (p. 402) que Cuvier & Ramond n'étaient pas au mieux ensemble, qu'ils avaient été en compétition pour la place de secrétaire perpétuel de l'Académie des sciences. Le roi des critiques, comme je l'ai jadis surnommé sans le surfaire, ajoute que Cuvier ne dédaigna pas d'égayer sa notice sur Ramond de divers traits malins de son collègue (notamment du joli mot sur Napoléon envoyant ce libre causeur & hardi frondeur à Clermont-Ferrand : *me voilà préfet par lettre de cachet!*) & que le côté politico-anecdotique de l'éloge académique mécontenta la famille, surtout M. Dacier. Nous, simples lecteurs, nous sommes moins renchéris &, loin de nous plaindre des indiscrétions de l'orateur, nous les trouvons fort savoureuses. Aussi répèterons-nous avec non moins de regrets que Sainte-Beuve (p. 378) : Quel dommage que Ramond n'ait pas écrit ses mémoires !

PH. TAMIZEY DE LARROQUE.

Toulouse, imprimerie Douladoure-Privat, rue Saint-Rome, 39. — 1304.

SOMMAIRE DE LA 2ᵐᵉ LIVRAISON DE 1893
DE LA *REVUE DES PYRÉNÉES*

Six livraisons par an. Abonnement 15 francs.

AVIS : *Les Académies & Sociétés savantes, les Auteurs & Éditeurs qui désirent profiter de la publicité de la* Revue *sont priés d'envoyer leurs mémoires ou leurs ouvrages directement au siège de la direction, rue Valade, 38, Toulouse.*

Toulouse, imprimerie Douladoure-Privat, rue Saint-Rome, 39. — 1304.

www.ingramcontent.com/pod-product-compliance
Lightning Source LLC
Chambersburg PA
CBHW060859180626
46818CB00004B/1772